PEN IN THE PARK.

Printed by Lightning Source, Milton Keynes
in an endless edition (version 141202)
ISBN 978-94-91914-03-4

Uitgeverij, Den Haag
Shtëpia Botuese, Tiranë
Yayınevi, İzmir

www.uitgeverij.cc

RAŞEL MESERİ,

Pen in the Park
A Resistance Fairytale.

Pen Parkta
Bir Direniş Masalı.

WITH ILLUSTRATIONS BY
SANNE KARSSENBERG,
TRANSLATED BY AYLİN KURYEL.

:

We would like to thank, first of all, Pelin Gümüş Sarıot (aka Pelinaki) for allowing Pen to take his first steps in English, to Matt Cornell for his suggestions on the English text, to Jonas Staal for establishing the necessary contacts to publish this book, to Aylin Kuryel for her help beyond being a translator, and to everyone who joined the Gezi movement, one way or another, including the penguins, for writing (t)his story by living it.

Once upon a time in Antarctica, there was a young penguin, as sharp as a tack, who always dressed in a black and white suit. His name was Pen. Pen was different from other penguins. He was curious to learn new things and willing to look for excitement. Pen eventually grew very bored with the winter, the cold and the ice all around him and he started to wonder what warm places would look like. He thought for long and decided to go on a trip.

Bir zamanlar Antarktika kıtasında, cin bakışlı, zeki, siyah-beyaz takım elbisesini üzerinden hiç çıkarmayan, genç bir penguen yaşardı. Adı Pen'di. Pen, öğrenme merakı ve heyecan arayan kişiliğiyle birçok penguenden farklıydı. Gün geldi, Pen, kış kıyametten, soğuk ve buzlardan o kadar sıkıldı ki, havanın sıcak olduğu yerleri merak etmeye başladı. Düşündü taşındı ve bir geziye çıkmaya karar verdi.

It is difficult not to support Pen's decision. If you wonder why, let me tell you immediately: In the continent of Antarctica, the hottest summer day is -20 degrees, that is, if they are lucky. During some summer days, the temperature can drop to -70 degrees. Antarctica's cold weather is beyond our imagination. As Pen was thinking where to go, he put the world map in front of him and looked at it in detail. From left to right, from right to left.

Pen'e bu kararından dolayı hak vermemek mümkün değildi. Nedenini merak ediyorsanız hemen söyleyeyim; Antarktika kıtasında en sıcak yaz günü -20 derecedir. Tabii eğer şansları varsa. Bazı yaz günleri sıcaklık -70 dereceye kadar düşebilir. Yani anlayacağınız, bizim tahmin edemeyeceğimiz kadar soğuktur orası. Pen geziye çıkmaya karar verince dünya haritasını önüne aldı. Sağdan sola, soldan sağa baktı durdu.

He tried to remember the places his teachers had taught him at school. Yet, he could not remember any of them.

Pen was curious about what he was the most curious about. Finally he decided that he was most curious about trees. He had never seen a tree before, as there were no trees in Antarctica. There was never a drop of rain either. It was said that in some regions, it had not rained for two million years. He decided to go somewhere with a

Öğretmenlerinin ona öğrettiği bilgileri hatırlamaya çalıştı. Ama hiçbirisini aklında bulamadı.

Pen, en çok, en çok neyi merak ettiğini merak etti. Kararı kesindi; en çok ağaçları merak ediyordu. Çünkü şimdiye kadar tek bir ağaç bile görmemişti. Ne yazık ki Antarktika'da ağaç yoktu. Yağmur da yağmazdı. Bazı bölgelerin iki milyon yıldır yağmur görmediği söylenirdi. Onun için gideceği yerin mutla-

lot of trees. So that, when he came back, he could tell his family and friends about different kinds of trees. Trees with thick and thin trunks, tall and short trees, trees with flowers or trees with fruit... He was excited. He made up his mind. He would go on a trip and see different kinds of trees. He would hug them all, smell them, listen to the rustling of their leaves, and daydream under their shades.

ka bol ağaçlı bir yer olması gerektiğine karar verdi. Döndüğünde ailesine ve arkadaşlarına anlatacağı çeşit çeşit ağaçlar olmalıydı. Kalın veya ince gövdeli, uzun veya kısa boylu, çiçekli veya meyveli. İçine bir heyecan düştü. Kanı fokurdadı. Kararını vermişti, elbette geziye çıkacaktı, çeşit çeşit ağaç görecekti. Onlara sarılacak, koklayacak, yapraklarının çıkardığı hışırtıları dinleyecek, gölgelerinde hayallere dalacaktı.

He jumped on the ice with joy. He jumped so high that he fell on his belly and immediately started to slide. Sliding was something that every penguin knew how to do. Without caring about his friends' looks of surprise, Pen shouted:

"I am going on a triiiip!"

Pen started preparing, trying to decide where exactly to go. But, right at that moment, something unexpected and extraordinary happened. Something unheard of! Pen's dreams of going on a trip had to remain dreams.

Buzun üstünde sevinçle sıçradı. O kadar yükseğe sıçradı ki karnının üstüne düştü. Düştüğü gibi de kaymaya başladı. Bu bütün penguenlerin çok iyi bildiği bir şeydi. Arkadaşlarının şaşkınlıkla kendisine bakmasına aldırmadan bağırıyordu.

"Beeeeen geziye çıkıyoruuuuuuuuuuum!"

Pen, tam yolculuk hazırlıklarına başlamış, gideceği yerleri evire çevire düşünüyordu ki beklenmedik ve şaşırtıcı bir şey oldu. O ana kadar görülmemiş, duyulmamış bir şey! Öyle

Suddenly, all the penguins around him, old, young, female, and male, even the eggs waiting to be hatched, all found themselves inside boxes! Don't ask me why. I also don't understand yet.

Once they had calmed down, the penguins started trying to figure out what was happening. Why were they inside these boxes? Who put them here? And most importantly, when would they get out of these boxes?

ki, Pen'in tatil hayalleri hayal oldu.

O bölgenin bütün penguenleri; yani yaşlıları, çocukları, dişi ve erkekleri, hatta çatlamayı bekleyen yumurtaları, kendilerini bir anda kutuların içinde buluverdiler! "Nasıl yani?" demeyin. Şimdilik ben de bilmiyorum.

Penguenler ilk şaşkınlıklarını üstlerinden attıktan sonra olan biteni anlamak için sorular sormaya başladılar. Neden bu kutunun içine girmişlerdi? Kim sokmuştu bu kutulara onları ve daha da önemlisi, ne zaman çıkacaklardı bu kutulardan?

Some of the penguins said, "Oh come on! What's wrong with being in a box? We have everything we want here." But Pen was angry at the situation, so much so that he started tugging at the black part of his suit. Pen and his friends were sure that this was a trap. Obviously, they had been captured and imprisoned inside these boxes.

Pen and his friends were young and brave. They searched and found out who was responsible for this situation. They now knew who did it, but they still did not

Pen, başlarına gelen bu duruma çok sinirlenmişti. O kadar ki, takım elbisesinin siyah kısmını çekiştirip durdu. Bazıları, "canım ne var bunda? Bir kutunun içindeysek ne olmuş? Yediğimiz önümüzde, yemediğimiz ardımızda" dedilerse de, Pen ve arkadaşları bunun bir esaret olduğunu pekala biliyorlardı. Açıkçası, esir alınmışlar ve bir kutunun içine hapsedilmişlerdi.

Pen ve arkadaşları genç ve cesurdular. Kendilerine dayatılan koşulları hemen kabul edecek gençlerden değillerdi. Bu durumdan kim-

know why. Also, they did not know how to get out of the boxes.

Sometimes products were shown in the box, such as chocolate, chewing gum, or washing powder, instead of the penguins. Later on, Pen would learn that these intervals were called "commercials." During these commercials, Pen made a plan. He was going to escape! He was going to the place of the people who imprisoned them in these boxes, and set his fellow penguins free.

lerin sorumlu olduğunu araştırıp öğrendiler. Kutunun içine onları kimlerin hapsettiğini bulmasına bulmuşlardı ama, neden böyle bir şey yaptıklarını ve bu durumdan nasıl kurtulacaklarını bilmiyorlardı.

Pen, içinde oldukları kutuda, kendileri yerine, çikolata, çiklet veya deterjan gibi ürünlerin gösterildiği dakikalarda – Pen, daha sonra bu sürelere reklam kuşağı dendiğini öğrenecekti – planını yaptı. Kaçacaktı! Onları sabah akşam o kutulara hapsedenlerin olduğu yere gidecek ve herkesi özgürlüğüne kavuşturacaktı.

He hugged his family and friends and told them that he would go on a journey to save them from the boxes and return as soon as possible. Pen's friends had to allow him to go alone. If they would all go, their absence would be felt. Besides, if all the youngsters would leave together, who would take care of the ones left behind? Pen felt sad for the ones he left behind, but thrilled about the struggle before him.

Ailesine ve arkadaşlarına, onları bu kutulardan kurtarmak için yola çıkacağına ve en yakın zamanda geri döneceğine söz vererek sarıldı ve bulduğu ilk fırsatta kutudan sıvışıverdi. Arkadaşları Pen'in tek başına gitmesine izin vermek zorunda kalmışlardı. Hepsi birden kaçsa yoklukları fark edilirdi. Ayrıca, bütün gençler gidecek olsa geride kalanlara kim göz kulak olacaktı? Pen Antarktika'dan ayrılırken geride bıraktıkları için hüzün, gelecekte vereceği mücadele için ise heyecan duyuyordu.

The Shadows of the Park

When he first arrived, Pen was scared. This was a strange place. The streets were so crowded. The buildings were rising so high. He was just not used to seeing that many people and buildings. As he walked by the shop windows, he felt very upset to see his own family and friends inside the boxes. He knew that he had to find a solution fast. But he could not decide where to start.

Parkın Gölgeleri

Pen varması gereken yere vardığında önce çok korktu; garip bir yerdi burası. Sokaklar çok kalabalıktı. Binalar üstüne üstüne geliyordu. Ne de olsa bu kadar çok insan ve bina görmeye alışık değildi. Bazı dükkânların vitrinlerinde bulunan kutuların içinde ailesini, tanıdıklarını ve arkadaşlarını görüyor ve çok üzülüyordu. Bir çıkış yolu bulması gerektiğini biliyor ama nereden başlaması gerektiğine karar veremiyordu bir türlü.

He could not ask anyone, because he did not know anyone here. Suddenly, he discovered a park in the middle of the city. As he entered, he was amazed by the beauty all around him. It was as if he had found the place of his dreams! Perhaps, if he would not have this unfortunate mission, he would still like to come here. The different kinds of trees in the park were amazing. Their shadows were so big. It was not so warm under the trees. People there must have been very lucky and happy!

Kimseye de soramazdı, çünkü burada hiç tanıdığı yoktu. Ona yardım edecek birisini bulmak amacıyla, şehrin tam göbeğindeki parka gitmeye karar verdi. Oraya adımını attığı andan itibaren parkın güzelliğine hayran kaldı. Sanki tam da geziye çıkmak için düşlediği yere benziyordu! Belki bu uğursuz görev olmasa yine de buraya gelirdi. Parkta çeşit çeşit ağaç vardı, hepsi harikaydı ve gölgeleri koskocamandı. Onların altındayken havanın sıcaklığı hiç rahatsız etmiyordu. Orada bulunan insanlar ne kadar da mutlu olmalıydılar!

Pen sat in the shade of the trees. His mind was full of questions. Why are trees this beautiful? Why don't we have trees as well? How many shadows can a tree have? Why is the shadow of a tree not green? And so on.

He started to feel closer to the people in the park even though he did not know them. They looked like nice people. For a moment, he forgot that his people were in the box and took a deep breath.

Pen, bir ağacın gölgesine oturdu. Kafası sorularla doluydu. Ağaçlar neden bu kadar güzel? Neden bizim oralarda hiç ağaç yok? Acaba bir ağacın kaç gölgesi olabilir? Ağaçların gölgesi neden yeşil değildir?...

Orada bulunan insanların hiçbirisini tanımamasına rağmen onları kendisine yakın hissetti. İyi insanlara benziyorlardı. Bir an için yakınlarının hâlâ kutuların içinde olduklarını unutup derin bir nefes çekti ciğerlerine.

He heard a person walk past, exclaiming to another, "This park is fantastic, my friend!" Pen then cheerfully repeated it to himself. "This park is fantastic, my friend!"

But Pen's cheerful thoughts did not last long. Because, at that moment, a machine that looks like a giant dragon, making terrible sounds, entered the park, diving into the crowd.

Yanından geçen birisinin bir diğerine "Bu park bir harika dostum!" dediğini duydu. Pen, sevinç içinde kendi kendine tekrarladı: "Bu park bir harika dostum!"

Ama Pen'in kendisini gülümseten düşünceleri ne yazık ki çok kısa sürdü. Çünkü, tam o sırada, dev bir ejderhaya benzeyen bir makine, korkunç gürültüler kopararak, parkın içine, kalabalığın arasına dalıverdi.

Pen shouted: "Oh, no!... These kinds of monsters also disturb us in Antarctica, trying to drill for that black, sticky thing they call oil. And now I see them here, too!"

The machine started moving like an enormous and frightening worm. Pen's ears began throbbing. Pen shouted one more time:

"What is going on?"

"Olamaz!" diye bağırdı Pen. "Antarktika'da, petrol dedikleri o siyah, vıcık vıcık sıvıyı çıkarmak için burnumuzun dibine gelip bizi rahatsız eden canavarlar yetmiyormuş gibi buralarda da mı benzerleri çıkacaktı karşıma?"

Makine, büyük ve korkunç bir solucan gibi toprağı eşeliyordu. Pen'in kulakları zonklamaya başladı.

"Neler oluyor?" diye bir kere daha bağırdı.

But nobody had time to answer him. People surrounded the monstrous machine to prevent its long, eel-like arm from digging into the ground. Pen could see the monstrous machine better now. It had a huge digger with a dredge. People were screaming:

"Watch out for the digger!"

Without mercy the digger approached the roots of a tree. The tree seemed to pull its roots back to protect itself from the digger.

Ama kimsenin ona cevap verecek zamanı yoktu. İnsanlar, canavar makinenin uzayan kolunun bir yılan balığı gibi toprağın içine girmesini engellemek için etrafını sarmıştı. Pen, şimdi canavar makineyi daha iyi görüyordu. İleriye uzayan kolunun kocaman taraklı bir kepçesi vardı. İnsanlar bağırıyordu:

"Kepçeye dikkat!"

Canavarın kepçesi bir ağacın köklerine acımasızca yaklaştı. Ağaç, kepçeden korunmak için köklerini geri çekmeye çalışıyor gibiydi.

But the cruel monster nevertheless approached it furiously. Suddenly, someone threw himself in front of the digger and then climbed on top of it. His friends joined in to help. They used themselves as shields, trying to prevent the digger from getting close to the trees. This gave a moment of fresh air in the park. Even Pen knew that trees took away polluted air and gave fresh air back.

The park was still a mess. Even though Pen's body hardly trembled at –40 degrees,

Ama acımasız canavar ona hiddetle yaklaştı. Aniden birisi kepçenin önüne kendini attı. Hatta üstüne çıktı. Arkadaşları onu yalnız bırakmadı. Ağaçların önüne kendilerini siper ederek kepçenin onlara yaklaşmasını engellediler. Ağaçlar tuttukları nefeslerini dışarı verdiler. Bu nedenle, bir an, tertemiz bir hava ortalığı sardı. Ağaçların kirli olan havayı alıp yerine oksijen verdiklerini Pen bile biliyordu.

Parktaki karmaşa henüz bitmemişti. Canavar makinenin insanlara zarar vereceği

he trembled with the idea of the monstrous machine hurting people. But luckily, this didn't happen. It seemed like the people had managed to save the trees for the moment. But what had happened? What did machines want from these trees? Pen could not understand any of it.

The monstrous machine pulled back, grumbling. People stepped off the digger, hugged each other, and cheered. They were singing and dancing.

endişesi, Pen'in, –40 derecede bile soğuktan titremeyen vücudunu titretti. Neyse ki korktuğu olmadı. Orada bulunan insanlar ağaçları şimdilik kurtarmışlardı galiba. Ama neler oluyordu? Makineler ağaçlardan ne istiyordu? Pen bütün bu olan bitenlere bir türlü anlam veremiyordu!

Canavar makine homurdanarak geri çekildi. İnsanlar kepçeden indi ve sevinç çığlıkları atarak birbirlerine sarıldılar. Herkes şarkı söylüyor, dans ediyordu.

OCCUPY GEZ

These people in the park seemed to love trees and wanted to protect them from the digging monster. Pen was puzzled about why some people wanted to cut the trees down. Did some people not like trees? And if they did not like trees, did they prefer the huge buildings he saw on his way? This did not make sense to him. There were already a lot of those huge buildings. So, why would they want more? Being penguin himself, Pen knew that rare things and creatures deserved even more protec-

Demek ki, parkta bulunan insanlar ağaçları seviyor, onları canavar kepçeden korumak ve kurtarmak istiyordu. Pen'in aklı bazı insanların neden ağaçları yok etmek istediklerine takılmıştı. Yoksa bazı insanlar ağaçları sevmiyor muydu? Ağaçları sevmiyorlarsa, yürüdüğü yollarda gördüğü o kocaman binaları mı seviyorlardı? Ama bu düşüncesini de çok mantıklı bulmadı. Çünkü o kocaman binalardan zaten çok vardı. Daha fazla neden isteyeceklerdi ki? Oysa ağaçlar çok fazla değildi. Bir penguen olarak az bulunan şeylerin

tion. Did some people not know this basic fact? As he did not know the answers to these questions, he concluded this jumble of thoughts by saying: "Well, for now the most important thing is the defeat of the tree enemies by these brave people." He felt very happy again. He wanted to hug someone. He was disappointed not to have a friend to share his joy with. But he didn't feel lonely, because there was a peaceful and friendly atmosphere all around him.

ve canlıların daha çok korunması gerektiğini biliyordu. Yoksa bazı insanlar bu basit gerçeği bilmiyor muydu? Bu soruların cevabını bilmediğinden, düşünce akışını şu şekilde tamamladı: "Şimdi önemli olan bu cesur insanların ağaç düşmanlarını yenmiş olmaları". İçi yeniden sevinçle doldu. Pen'in canı birisine sarılmak istedi. Sevincini paylaşabileceği bir arkadaşının olmamasına üzüldü. Ama ortalıkta o kadar barışçıl ve arkadaşça bir hava vardı ki, yine de yalnızlık hissetmedi.

People around him were cooking, singing, and putting up tents. They were helping each other. They were passing food around for hungry people. They were eating and chatting with joy. Some were painting and some were writing on the walls. They were laughing at some of these writings. Pen looked at them carefully. Although he did not know exactly what these drawings and writings meant, he concluded that they must be witty and funny.

Etrafındaki insanlar bir yandan yemek pişiriyor ve şarkı söylüyor, bir yandan da çadır kuruyorlardı. Herkes birbirine yardım ediyordu. Pişirilen yemekler elden ele dolaşarak aç olanlara ulaştırılıyordu. Neşeli bir sohbet eşliğinde yemekler yeniliyordu. Kimileri resim yapıyor, kimileri de duvarlara yazılar yazıyordu. Bu yazıların bir kısmına çok gülüyorlardı. Pen onları dikkatle izledi. Yazılan yazıların, çizilen resimlerin ne anlama geldiğini anlamasa da, birçok şeyin zekice ve komik olduğu sonucuna vardı.

IPARK
DIREN
EVERYDAY CAPUL
FREE

If people were laughing, surely he could laugh too. So he did.

After all of the excitement and laughter, Pen became actually very hungry. He had heard that he needed papers or metal pieces, called "money," to get food in this place. But he had neither paper, nor metal pieces. He looked around, embarrassed that the others would hear his stomach rumbling. At that moment, a hand holding a sandwich reached out before him.

"With cheese and tomatoes. Would you like to have some?"

Pen looked at the sandwich in a confused way.

"Is it for me? But I don't have any money..." he said.

"Money is not used here, my friend. Everything is shared here. We use as much as we need, no more, no less."

"Oh, how nice! Is it like this everywhere?"

"Peynir ve domatesli. Alır mısın?"

Pen kendisine uzatılmış sandviçe şaşkınlıkla baktı.

"Bana mı? Ama benim param yok ki..." dedi.

"Burada para geçmez arkadaşım. Burada her şey müşterek! İhtiyacımız kadar kullanırız, ne fazlası ne eksiği."

"Ne kadar güzel! Her yerde böyle mi?"

"Unfortunately, for now, it is like this only here. In this park!"

"But, then, why did that monstrous grumbling machine just attack the trees?"

"Because, some people would rather cut down a tree if they cannot sell its shadow!"

Pen shouted with fear:

"Cutting the trees! But, why? Don't they die if you cut them?"

Pen's new friend put her hand, with nail polished fingers in green, on Pen's shoulder and kindly said:

"Obviously, you are new here. But I feel like I know you from somewhere."

"Perhaps you saw me, my family, and friends in the boxes!" said Pen excitedly. He was proud of being able to guess and even know something at last.

"In the boxes?"

The girl with green nail polish started to laugh. Her long red hair was waving in the air.

na attı ve tatlılıkla anlatmaya başladı:

"Belli ki sen yenisin buralarda. Gerçi gözüm ısırıyor seni bir yerlerden, sanki daha önceden görmüş gibiyim."

"Beni, ailemi ve arkadaşlarımı kutularda görmüşsündür" diye atıldı Pen. En azından bir şeyi tahmin edebilmenin ve belki de bilmenin gururu ile.

"Kutularda mı?"

Yeşil ojeli kız gülmeye başladı. Gülerken uzun kızıl saçları dalgalanıyordu.

"You are funny, my friend. People call those boxes 'televisions.' But, you are right! Since they started to uproot the tress, they constantly show penguins on television. I guess, we started to know you better than yourselves. So, let's play a game. I will ask you a question and let's see if you know the answer."

Now that the subject was finally related to him, Pen became quite happy, his eyes twinkling with excitement:

"OK, ask me!"

"Çok hoşsun arkadaşım. Kutu dediklerine insanlar 'televizyon' diyor. Ama doğru söylüyorsun! Ağaçları sökmeye çalıştıklarından beri televizyonda sürekli penguenleri gösteriyorlar. Neredeyse sizi sizden daha iyi tanımaya başladık. Mesela, sana bir soru soracağım, bakalım bilecek misin?"

Pen konunun kendisine dönmesinden memnun olduğu için gözlerini heyecanla kırpıştırdı.

"Sor tabii!"

"How often do the king penguins in Antarctica dive into the ocean to hunt?"

Pen put his flipper over his head and tried to think. It was difficult for him to find the answer because his community did not have a king. How frequently did the other kings dive into the ocean? He added some numbers, subtracted and multiplied them, and finally thought that he reached a conclusion.

"Is it 20 times?"

"Antarktika'daki kral penguenler avlanmak için günde kaç kere denize girerler?"

Pen yüzgecini başına götürdü ve düşünmeye çalıştı. Kendi topluluğunun kralı olmadığı için cevabı bulmakta biraz zorlandı. Diğer krallar kaç kere dalıyordu denize acaba? Bir takım sayıları topladı, çıkardı, çarptı ve bir sonuca ulaştığını varsaydı:

"Acaba 20 kere mi?"

Emin olmadığı için sesi biraz titredi yanakları da biraz kızardı.

His voice quavered and his cheeks turned red because he was not sure of his answer.

His friend started laughing and gave Pen a gentle slap on the back, saying:

"You are funny! The king penguin dives into the ocean 140 times a day to hunt. But, you must know how many times he can actually hunt, approximately, right?"

Seeing Pen's face blushing, she immediately answered her own question:

"Only 10 to 15 times! But you already know this.

Arkadaşı gülmeye başladı ve Pen'in sırtına dostça bir şaplak indirerek konuştu:

"Çok komiksin doğrusu. Kral penguen günde tam 140 kere denize dalar avlanmak için. Yaaa? Peki aşağı yukarı kaç kere avlanabilir, biliyor musun?"

Pen'in yüzünün daha da kızarmasından bunun cevabını da tam bilmediğini anlayarak hemen kendisi yanıtladı:

"Sadece 10-15 kere av çıkarabilirmiş. Ama zaten sen bunları biliyorsundur.

Thanks to the park, we got to know you as well as we know our friends and families."

Because his friend answered her question for him, Pen nodded his head with affection. He added:

"The boxes, I mean the televisions, do not always tell the truth, I guess. For example, we wanted to live without a king. So, we didn't have a king. That is why I did not know the answer! By the way, my name is Pen! What is yours?"

"My name is Chapulletta."

Biz de park sayesinde sizleri arkadaşlarımız, akrabalarımız kadar tanıdık."

Pen, arkadaşı sorunun cevabını beklemeden devam ettiği için ona sevgiyle bakıp başını salladı ve ekledi:

"Kutular, yani televizyonlar, her zaman doğruyu söylemiyor sanırım. Mesela biz kralsız yaşamak istedik. Yani bir kralımız yoktu. O yüzden bilemedim cevabı! Bu arada, benim adım Pen! Ya seninki?"

"Benim adım Çapulletta!"

"It is a long name!"

"If you want, you can call me Chapul, like my close friends."

"No, I will call you Chapulletta. It is even better."

The two new friends sat under a tree and continued chatting. Pen was very happy to meet Chapulletta. He wondered whether he could ask her help to save the other penguins from the box. Obviously, Chapulletta and her friends had enough problems of their own.

"Uzun bir adın varmış!"

"Sen bana istersen Çapul diyebilirsin. Bütün yakın arkadaşlarım öyle der."

"Yok, ben sana Çapulletta diyeceğim. Daha güzel bir isim."

İki kafadar sohbet ederek bir ağacın dibine oturdular. Pen bir arkadaş bulduğu için çok sevinçliydi. Diğer penguenlerin o kutudan çıkabilmeleri için yeni arkadaşından yardım isteyip istemeyeceğini düşünmeye başladı. Çapulletta ve arkadaşlarının belli ki bir sürü derdi vardı. Ona vakit ayıramayabilirlerdi.

"What on earth brought you here, Pen?"

"I came here to save my family and friends from the boxes. There might be a link between them being in the boxes and the trees in the park being uprooted, right?"

Chapulletta turned her pretty face to the sunlight streaming through the branches and the leaves. She watched the bright sun for a while.

"You are so clever Pen. You are right! They do not want to show people who are

"Seni hangi rüzgar attı buralara, Pen?"

"Bizi kutulara tıktıkları için geldim. Ailemi ve arkadaşlarımı kutudan kurtarmak amacıyla. Sanıyorum bizim kutuda olmamızla, parkın ağaçlarının sökülmesi arasında bir bağlantı var. Öyle değil mi?"

Çapulletta sevimli yüzünü, dalların ve yaprakların arasından süzülen güneş ışığına çevirdi. Bir süre parıldayan güneşi seyretti.

"Çok zekisin Pen. Haklısın. Buradaki ağaçları sökmelerine kızan insanları göstermek istemiyorlar. Çünkü çok iyi biliyorlar ki, baş-

angry at the trees being chopped down. Because if other people see this, they will also get angry and will join us to protect the trees. To prevent this, they show us penguins on television instead. So, it is true that our destinies are tied together."

Then Pen said: "You know, we do not have any trees in Antarctica. How I wish we also had trees to sit under! But, Antarctica is not as hot as here. It is covered with ice, so we don't really need shades.

kaları bunu gördükçe onlar da kızacaklar ve ağaçları korumak için onlar da bize katılacaklar. Bunu engellemek için de televizyonda siz penguenleri gösteriyorlar. Yani, gerçekten de, kaderlerimiz bir bakıma birbirine bağlı."

"Biliyor musun, bizim orada tek bir ağaç bile yok. Ne kadar isterdim bizim de ağaçlarımızın olmasını, onların gölgesinde oturabilmeyi. Gerçi bizim orası, burası gibi sıcak değil. Buzlarla kaplı, o yüzden de pek gölgeye ihtiyacımız yok.

Even though I envy your hot weather, we should know how to live on ice. You know, our bodies can survive between +40 and -40 degrees. But, as the weather gets warm everywhere, the ice that we live on has also started to melt. If it goes on like this, our lives will all be in danger. Even yours. The sun will be boiling. There will be no rain. The land will not bear any fruits. Animals will not find any grass to eat. Even the water sources will get dry."

Her ne kadar sıcak havaya özeniyorsam da biz buzlarda yaşamalıyız. Biliyor musun, bizim vücudumuz +40 ile -40 dereceye dayanıklı. Ama, havanın ısınmasıyla birlikte, bizim yaşadığımız buzlar da erimeye başladı. Böyle devam ederse yaşamımız tehlikeye girecek. Gerçi sizlerin de öyle. Güneş çok kızgın olacak. Yağmur yağmayacak. Yağmadığı için toprak besin vermeyecek. Hayvanlar yiyecek ot bulmayacak. Hatta su kaynakları bile kuruyacak."

Chapulletta replied:

"You are such a truth teller, my friend. That is why we first need to save our trees. Everything has its own priority, right? In fact, we should save you from those boxes; I mean the television, to let everyone know what we are doing. If they can no longer keep you in those boxes, they will have to show what we are doing here, in this park."

Çapulletta araya girdi:

"Sen de felaket kumkuması gibisin dostum. İşte bunların olmaması için önce ağaçlarımızı kurtarmalıyız. Her şeyin bir önceliği var değil mi? Hatta burada ağaçları kurtarmak istediğimizi herkesin duyması için sizleri o kutudan, yani televizyondan kurtarmak gerekiyor. Sizi o kutularda tutamazlarsa, bu parkta yaptıklarımızı göstermek zorunda kalacaklar", dedi.

Chapulletta was suddenly out of breath from talking so much. Pen looked at his friend admiringly. How intelligent and exciting she was! He trusted her fully. Meanwhile, a cat crept up next to them, with glowing eyes. The cat brushed against Chapulleta a couple of times and then laid down next to them. At first, Pen did not know what to do. After all, he was a member of a species, between fish and birds, which were not necessarily a cat's best friends. Should he be worried?

Kesintisiz konuştuğu için soluk soluğa kalmıştı Çapulletta. Pen arkadaşına hayranlıkla baktı. Ne kadar akıllı ve heyecan doluydu. İçi ona karşı güvenle doldu. Tam bu sırada yanlarında bir kedi beliriverdi. Bakışları pasparlaktı. Çapulletta'ya şöyle birkaç kere sürtündükten sonra yanlarına uzanıverdi. Pen önce ne yapacağını bilemedi. Ne de olsa kendisi balık ile kuş arası canlılardandı. Acaba endişelenmesi gerekiyor muydu?

Sensing Pen's worries, Chapulletta said:

"Take it easy, my friend. Trafo is like us. She is on our side."

Pen was relieved. Looking at the cat, he started talking:

"Nice to meet you, Trafo. My name is Pen!"

Repeating the sentence he had just learned from Chapulleta, Pen asked:

"What on earth brought you here, Trafo?"

Çapulletta, Pen'in endişesini anlamış gibi konuşmaya başladı:

"Rahat ol dostum. Trafo tıpkı bizim gibidir. Bizim taraftadır."

Pen'in içi rahatladı. Kediye dönerek konuşmaya başladı:

"Memnun oldum Trafo. Benim adım Pen!"

Çapulletta'dan henüz öğrendiği şekilde Trafo'ya sorusunu yöneltti:

"Acaba seni hangi rüzgar attı buraya, Trafo?"

Trafo looked at Pen. Then, she started preening her paws. She seemed aloof. Pen, on the other hand, opened his eyes wide, watching her with great interest.

"I am not sure whether you can understand my answer. My nature does not allow me to be humble."

Chapulleta interrupted and tried to protect Pen:

Trafo, Pen'i biraz tepeden bakarak süzdü. Sonra patilerini yalayarak temizlemeye başladı. Belli ki kendisini ağırdan satmaya karar vermişti. Pen ise gözlerini fal taşı gibi açarak Trafo'yu izlemeye koyulmuştu.

"Vereceğim cevabı anlayabilecek misin bilemem. Doğam gereği mütevazı olamam çünkü."

Çapulletta söze girerek Pen'i korumaya çalıştı:

"Come on Trafo! Pen is our friend. It is not his fault that the TV constantly shows penguins instead of our park. He came all the way down here to save his family and friends from this situation. We will help him. Tomorrow we will go to the television channels and force them to stop this. We will save both the penguins and our park."

After preening her paws for a while and making her fur squeaky clean, Trafo turned her green eyes with long eyelashes to Pen.

"Hadi ama Trafo. Pen bizim arkadaşımız. Televizyon parkımız yerine sürekli onları gösteriyorsa, bu onların suçu değil ki. O da ailesini, arkadaşlarını bu durumdan kurtarmak için gelmiş taa buralara. Biz de ona yardım edeceğiz. Yarın televizyon kanallarına gideceğiz ve onların sürekli gösterilmelerine mani olacağız. Hem penguenleri kurtaracağız, hem de parkımızı."

Trafo ellerini uzun uzun yaladıktan ve tüylerini pırıl pırıl yaptıktan sonra uzun kirpikli yemyeşil gözlerini Pen'e çevirdi.

"If Chapulletta says you are our friend, I believe her. So, I shall tell you my story. I was the cat of a wealthy and important person. I was living in the lap of luxury and was quite spoiled, to be honest. I spent all my time daydreaming on people's laps and sleeping in the most precious shoeboxes. I would walk on the most expensive carpets and be upset if my paws got even a little bit dirty. You see, I was leading such a luxurious life."

"Çapulletta senin arkadaşımız olduğunu söylüyorsa doğrudur. Madem öyle, ben de hikayemi anlatayım sana. Ben zengin ve çok önemli görevleri olan birisinin kedisiydim. Yediğim önümde, yemediğim arkamdaydı. El bebek gül bebek şımartılırdım. Sürekli kucaklarda dolaşır, en değerli ayakkabı kutularının içinde uyurdum. En pahalı halıların üstünde yürüsem patilerim kirlendi diye üzülürdüm. İşte böyle bir hayat sürüyordum."

Pen was getting more and more curious. If Trafo was living in such an elegant house and was so well loved, why would she leave and start living in parks? Besides, she did not look so clean no matter how much she preened. In addition, two or three nails on her paws were broken.

"Then what happened? Did they throw you on the street?"

Trafo shot Pen a look of annoyance.

Pen giderek meraklanıyordu. Madem bu kadar zengin ve lüks bir evde yaşıyor ve bu kadar seviliyordu, o halde neden evi terk edip parklarda yaşamaya başlamıştı? Üstelik ne kadar yalansa da çok temiz görünmüyordu. Tırnaklarının bir iki tanesi de kırılmıştı.

"Peki ne oldu? Yoksa seni sokağa mı attılar?"

Trafo bir an inanmaz gözlerle ve biraz da küçümseyerek Pen'e baktı.

"How can you say that? Do I look like a common alley cat? I am intelligent, pretty, and agile. Who would want to get rid of me?"

Caressing Trafo's head, Chapulletta joined the conversation:

"I am sorry Trafo, but many dogs and cats, just as pretty, proud, agile, and intelligent as you, are also thrown in the streets. But you are right, this is not what happened to you. You have become a street cat by your own free will. Come on, finish your story, so that Pen will also understand."

"*Bunu nasıl söyleyebilirsin? Hiç sokağa atılacakmış gibi görünüyor muyum? Ben ki bu kadar akıllı, güzel ve çeviğim. Kim beni gözden çıkarabilir?*"

Çapulletta, Trafo'nun başını okşayarak konuşmaya daldı:

"*Kusura bakma Trafo, ama senin kadar güzel, gururlu, çevik ve akıllı nice kediler ve köpekler atılıyor sokaklara. Hiç acımadan. Ama doğru, sen sokağa atılmadın. Kendi isteğinle sokak kedisi oldun. Onun için öykünü tamamla da Pen de anlasın.*"

Preening one or two more times, Trafo continued her story:

"One day, the house was full of important people. After dinner, some of them wanted to go to the study room and close the door. We cats do not like closed doors. We do everything we can to open them. We are curious creatures. But do not worry; curiosity does not really kill the cat, because cats are also clever. We do not do stupid things."

Trafo yine bir iki yalandıktan sonra öyküsünü anlatmaya devam etti:

"Bir gün ev yine birbirinden önemli konuklarla dolup taşıyordu. Yemekten sonra, birkaç kişi, evin çalışma odasına girip kapıyı kapatmak istedi. Biz kediler kapalı kapılara sinir oluruz. O kapının açılması için elimizden geleni yaparız. Çok meraklıyızdır. Ama merak etme 'merak kediyi öldürür' lafının gerçekle hiçbir ilişkisi yoktur. Çünkü kediler aynı zamanda akıllı canlılardır. Öyle aptalca şeyler yapmazlar."

Chapulletta's gave Trafo a look, implying she was belaboring and bragging a bit. So she sped up her story.

"Yes, so, that day, I put my left front paw to the door just as they were closing it. In this way, I could slip into the study room, like a shadow. If I had wanted, I could have sat on my owner's lap nicely, but I did not. They were talking about things that I could not understand.

Çapulletta'nın kendisine yönelttiği "ne kadar çok uzattın lafı, ayrıca çok da böbürlendin" bakışını anladığından aceleyle sözüne devam etti.

"Evet, o gün, kapı tam kapanacakken ön sağ patimi aralık kapıya dayadım. Böylece kapının kapanmasını önlemiş oldum. Bir gölge gibi süzülüverdim çalışma odasına. İsteseydim sahibimin kucağına atlayıp bir güzel kurulabilirdim, ama istemedim. O gün anlamadığım birçok konu konuşuldu.

Just as I got bored and was leaving the room, they said something that aroused my interest. I missed the beginning of the talk, because I had been asleep, out of boredom. But, what I heard was enough. They were saying that they would use us, cats, to perform an action, which was wrong and dangerous. The sentence was just like this: 'We could cut the electricity and then tell people that some cats entered into power distribution units called trafo. In this way, we could do what we want!'"

Tam sıkıldığım için odayı terk ediyordum ki aniden ilgimi çeken bir şey söylediler. Konunun başını can sıkıntısından uyukladığım için kaçırmışım. Fakat anladığım bana yetmişti. Çünkü yanlış ve zararlı bir eylemi gerçekleştirmek için biz kedileri kullanacaklarını söylüyorlardı. Tam olarak cümle şöyleydi: 'Kedilerin trafoya girdiklerini söyleyerek her tarafı karartırız. Biz de istediğimizi yaparız!'"

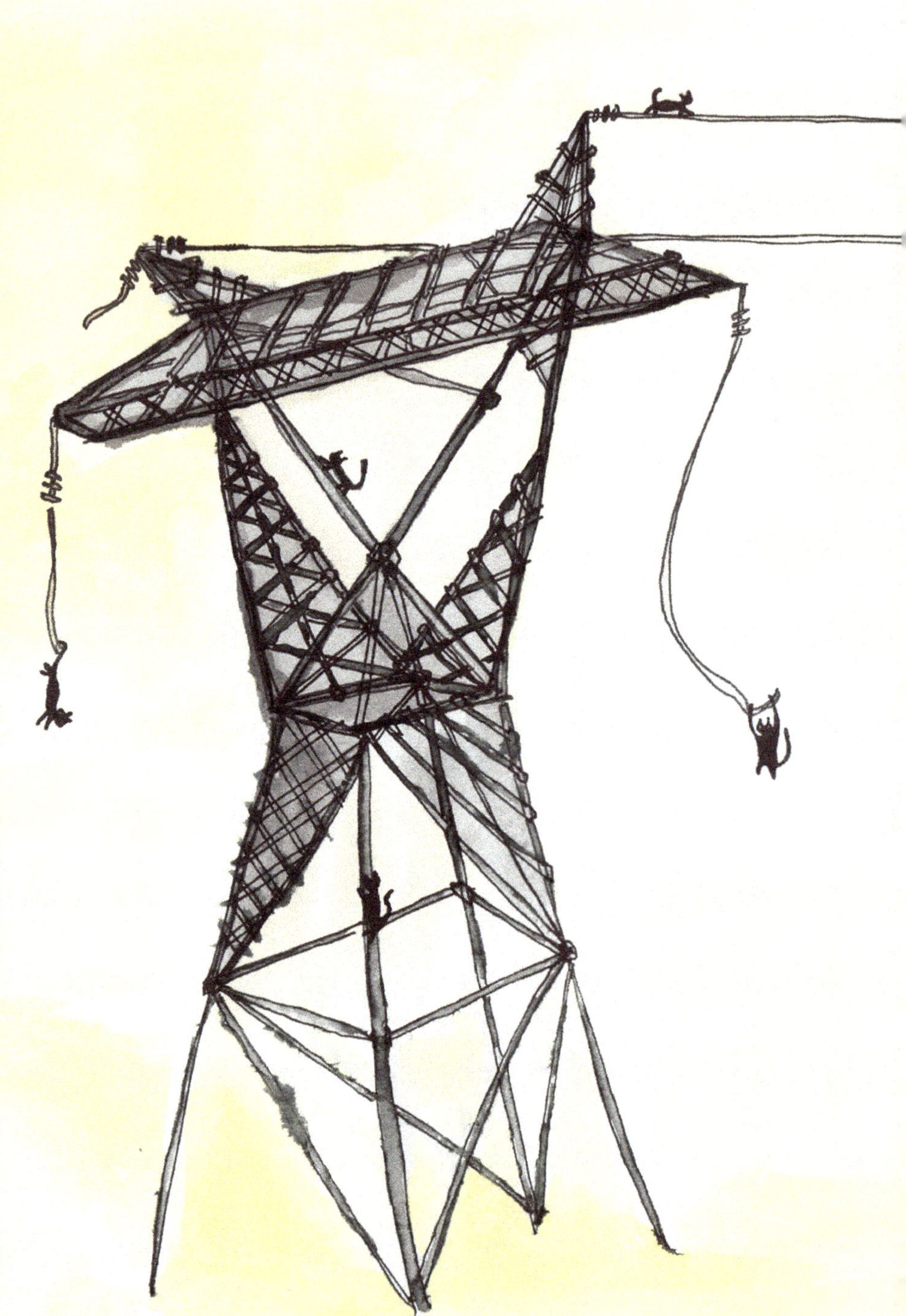

Trafo was out of breath while telling her story in excitement. She quickly pulled herself together and started yawning.

Pen wondered why cats yawned so much. Was it how they breathed? He kept this question to himself. After yawning a couple more times and looking at his broken nails with pity, Trafo continued.

"I may be a classy cat, but I still have a conscience.

Anlattığı öykünün heyecanına kendisini kaptırdığı için Trafo'nun nefesi kesilmişti. Kısa süre içinde hem soluğunu düzenledi hem de esnemeye başladı.

Pen aklından "nefes almak için mi esniyor kediler acaba?" diye geçirdiyse de sesini çıkarmadı. Trafo ise peş peşe birkaç kere esnedikten ve kırık tırnaklarına acıyarak baktıktan sonra tekrar konuşmaya devam etti.

"Sosyetik bir kedi olabilirdim, ama vicdanım o kadar körelmemişti.

They were going to do something wrong, and then they were going to put the blame on us cats. This was something I could not accept. As a living creature, I believe in the solidarity of all creatures. We are all bound to each other. That is why I ran away and took shelter in this park. The people in this park defend not only each other's rights, but also the rights of trees and animals. I changed my whole life because of what I heard that day, so I also changed my name to Trafo."

Hem doğru olmayan bir şey yapacaklardı, hem de biz kedileri suçlayacaklardı. İşte bu kabul edebileceğim bir şey değildi. Sonuçta bir canlı olarak, bütün canlıların birleşip dayanışması gerektiğine inanırım. Hepimiz birbirimize bağlıyız. Bunun için evden kaçtım ve bu parka sığındım. Bu parktaki insanlar hem birbirlerinin, hem ağaçların, hem de hayvanların haklarını koruyorlar. Madem o gün duyduklarımdan dolayı yaşantıma yeni bir yön vermiştim, adımı da Trafo olarak değiştirdim."

At last, they had all shared their personal reasons for being in the park. Eventually, the hot weather and the relaxing music that people were playing around made them drowsy. The three friends laid down under the shade of a tree, and closed their eyes to take a nap. They were just about to fall asleep when they each felt a big tongue, like a paintbrush, licking their faces. They all jumped awake. There standing over them was a wolfhound with a large head. He looked at them with big, clever, and shiny eyes.

Her biri parkta bulunma nedenlerini birbiriyle paylaşmıştı. Pen, Trafo ve Çapulletta sıcağın ve etrafta çalınan müziğin etkisiyle, ağacın gölgesini kucak bellediler ve biraz kestirmek için gözlerini kapadılar. Fakat tam uykuya dalacaklardı ki, badana fırçasına benzeyen kocaman bir dilin onları yalamasıyla yerlerinden fırlayıverdiler. Karşılarında kocaman kafasıyla bir kurt köpeği duruyordu. Onlara kocaman ve zeka dolu parlak gözleriyle bakıyordu.

Chapulletta thought she knew this dog from somewhere before. Was he Blackhead? He looked like Blackhead, but he was not. He was also not Balloon, Skinny, Coy, Totty, Sharp Tooth, Joker, or any of other dogs she knew. She would recognize them even in the dark.

"Hey, my friend, do I know you?"

"I do not think we have met before, but this will not change the fact that we are going to meet now."

Çapulletta'nın gözü bir yerden ısırıyordu bu kocaman köpeği. Yoksa Karabaş mıydı? Hayır, ona çok benziyordu, ama o değildi. Balon, Sıska, Utangaç, Şaşkın, Keskin Diş, Joker ve tanıdığı diğer köpeklerin hiçbiri de değildi. Onları karanlıkta bile tanırdı.

"Selam dostum. Seni tanıyor muyum acaba?"

"Şimdiye kadar tanıştığımızı sanmıyorum, ama şimdi tanışmayacak olmamızı gerektirmez bu gerçek."

Despite the first impression it gave, there was no sign of arrogance in this sentence he carefully uttered. On the contrary, he just wanted to be understood.

"My name is Loukanikos."

Chapulletta slapped her head with the palm of her hand and said:

"Oh yes, of course. You are the brave dog from the neighboring country, who raised his voice against injustices, who walked in the frontlines to protect people, whose bravery became legendary! I saw your pic-

Uyandırdığı ilk izlenime rağmen, özenle kurduğu bu cümlede hiçbir kibir yoktu. Tam tersine karşısındakinin kendisini anlamasını istiyordu.

"Benim adım Loukanikos."

Çapulletta eliyle alnına vurarak konuşmaya başladı:

"Tabii ya sen, komşu ülkenin, haksızlıklara karşı sesini yükselten, insanları korumak için onların önünde yürüyen, cesaretiyle kahramanlaşan yiğit köpeğisin. Senin fotoğraflarını

ture everywhere. We all know you and love you around here. In fact, we have a dog here named Pintail. He wanted to do the same thing that you did. But he was so thin and feeble and there were cruel people who kicked him. He nearly died, but we reached the hospital just in time. Pintail is severely affected by the tear gas they spray to intimidate us and drive us away. We have to put a mask on his face too, every time they use tear gas."

her yerde gördüm. Biz buralarda seni çok severiz. Hepimiz de tanırız. Burada da Kılkuyruk senin yaptığını yapmak istedi, ama çok zayıf ve çelimsiz olduğu için yediği bir tekmeyle pes etmek zorunda kaldı. Zorba insanların attıkları o tekme neredeyse onu öldürecekti. Onu hastaneye zor yetiştirdik. Ne yazık ki parkı korumak isteyen bizleri korkutmak ve kaçırmak için sıktıkları gazlardan Kılkuyruk artık çok etkileniyor. Gaz sıktıklarında hemen ona da bir maske takmak zorunda kalıyoruz."

Loukanikos nodded his head wisely.

"Oh, tell me about it! My best friend had a serious asthma attack because of tear gas. I almost lost the poor fellow."

Loukanikos görmüş geçirmiş bir ifadeyle başını salladı.

"Bilmez miyim? En yakın arkadaşım, yediği gazın etkisiyle şiddetli bir astım krizi geçirdi. Neredeyse kaybediyordum onu."

Pen was sad about everything he heard. Trafo could not take her eyes off Loukanikos. She was debating whether she could be friends with him. After all, she was a cat, and Loukanikos was a dog. But they met in this park, where it seemed like everything was possible! People and animals who usually do not easily get along could meet here, and even become friends.

They all sat in silence for a while. They listened to the song played next to them.

Pen duyduklarına üzülmüştü, Trafo ise gözünü Loukanikos'tan ayırmıyordu. Hâlâ onunla arkadaş olup olamayacağı konusunda karar vermemişti. Ne de olsa kendisi bir kedi, Loukanikos ise bir köpekti. Ama sonuçta bu parkta tanışmışlardı ve bu parkta olmayacak şeyler oluyordu! Bir araya gelmesi zor olan insanlar, hayvanlar burada karşılaşıyor, üstüne üstlük arkadaş bile oluyorlardı.

Bir süre suskun oturdular. Hemen yanlarında söylenen şarkıyı dinlemeye koyuldular.

With friends by our side,
(rumbara rumbara rumbamba)
We are in the banquet of the sun,
(rumbara rumbara rumbamba)

Their melancholia was soon replaced by hope.
Their belief in a better world was growing
and so was their joy. The sun's table was even
more beautiful with the shadows of the trees.

Dostların arasındayız,
(rumbara rumbara rumbamba)
Güneşin sofrasındayız,
(rumbara rumbara rumbamba)

İçlerindeki kaygı umutla yer değiştiriyordu.
Dünyanın daha güzel bir yer olacağına dair
duydukları inanç artıyor, neşeleri büyüyordu.
Güneşin sofrası, ağaçların gölgeleri ile daha
da güzeldi.

The Struggle Continues

In the end, Chapulleta and her friends succeeded in rescuing Pen's family and friends from the boxes called televisions, by gathering in front of the institutions that imprisoned them.

Mücadeleye Devam

Sonuçta, Çapulletta ve arkadaşları, penguenleri televizyona hapseden kurumların önünde toplanıp Pen'in ailesi, arkadaşları ve tanıdıklarını kurtarmayı başardılar.

But Pen decided to stay with Chapulletta and her friends until the trees were saved. Since the televisions could not find any more penguins to show, they had to show the injustices. In this way, more people became aware of what was happening. Parents took their children to the park to help save the trees.

Ama Pen, ağaçlar kurtarılıncaya kadar Çapulletta ve arkadaşlarıyla kalmaya karar verdi. Televizyonlar artık penguen bulamadıkları ve onları gösteremedikleri için haksızlıkları göstermek zorunda kaldılar. Böylece, olaylardan daha çok insanın haberi oldu. Ağaçları korumak için parka gelen gençlere anne babaları da katıldı.

Yet, more people joined, so did the cruelty of the people who were against the park. But Chapulletta and her friends, who were determined to protect their trees, their cities, and the many other things they found beautiful, kept fighting to defend them.

Fakat, katılım arttıkça parkı yıkmak isteyenlerin zorbalığı da arttı. Ama, ağaçlarını, şehirlerini ve güzel buldukları birçok başka şeyi korumaya kararlı olan Çapulletta ve arkadaşları, inatla, onları savunmaya devam ettiler.

These youngsters were amazing!

Pen stayed with them through these hard times and never left them alone. At times, he guarded the pianist who played from night until morning to cheer up Cha-pulletta and her friends.

Bu gençler bir harikaydı!

Pen ise bu en zor günlerde hep onların yanı başındaydı; onları hiç yalnız bırakmadı. Kimi zaman onlara moral vermek için sabahlara kadar piyano çalan piyanistin koruyuculuğunu yaptı.

Other times, he joined the man who stood still for hours in front of the park to reclaim it. To prevent cruel people from entering the park, he sometimes sat with his friends and read books, and sometimes collected objects from the surroundings to build walls.

Kimi zaman parkı geri almak için hiç konuşmadan saatlerce meydanda duran adamın arkasında durdu. Zorbalar parka girmesin diye kâh arkadaşlarıyla beraber önlerine oturup kitap okudu, kâh etrafta buldukları eşyalardan duvar ördü.

He even once played guitar on one of those walls. While Pen was playing guitar, there was someone beside him, thumping with his paw. It was none other than the brave dog Loukanikas.

Pen became good friends with all the people in the park until he went back home. But his closest friends were dear Chapulletta, Trafo, and Laukanikos.

Just before Pen returned to Antarctica, someone else joined the group. A blue bird, whose name they could never learn, since she never spoke! The blue bird helped the protectors of the trees when they wanted to communicate with each other, just like the pigeons of old times who carried secret messages attached to their feet.

Eventually, Pen went back to Antarctica to his family and friends who are now free, Chapulletta and her friends went back to school or work, and Loukanikos went back to his home country. Trafo, who was now her own master, happily stayed in the park. The blue bird seemed to disappear after a while. But, I am sure she will appear sometime soon, twittering, from another corner.

Sonuçta, Pen, artık özgür olan ailesinin ve arkadaşlarının yanına, Çapulletta ve arkadaşları okullarına veya işlerine, Loukanikos da kendi ülkesine döndü. Trafo ise kendinin efendisi olarak, mutlu bir şekilde parkta kaldı. Mavi kuş bir süre sonra ortadan kayboldu. Ama eminim yakında bir yerlerden cıvıldayarak çıkacaktır.

This story has a happy ending. The trees, stretching their branches and leaves to the sky, inviting people to sit under their shades, are chatting with each other for hours. But, let's keep an eye on them. After all, we must be ready for anything, any time!

Bu öykü şimdilik mutlu sonla bitiyor. Ağaçlar gökyüzüne dallarını ve yapraklarını uzatmış, gölgelerine insanları davet etmiş, birbirleriyle saatlerce sohbet ediyorlar. Ama biz yine de onlardan dikkatimizi eksik etmeyelim, ne de olsa her an her şeye hazırlıklı olmalıyız!